KB196377

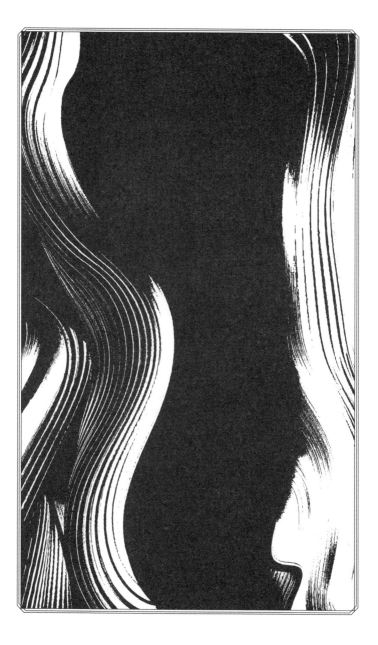

아침달 시집

# 그 끝은 몰라도 돼

문정희

시인의 말


끝내 저항하고 질문하는
찌그러진 존재로서의 시인의 젊음을
나는 사랑한다.
잘 익은 고통, 잘 익은 사랑과 상처보다
가시 돋친 야수의 격렬하고 쓰디쓴 호흡을
나는 사랑한다.
사람에게서 나오지만 자연의 비명 소리
이것이 시일까.
흐르는 물을 손으로 움켜쥘 수 없듯이
처음이 곧 마지막인
생명은 뜨거움과 아픔만이 증거이다.
나는 나에게 말한다.
됐어!


그 끝은 몰라도 돼.


2025년 새바람 속에서
문정희

# 차례

## 1부
## 골목 빈터에 첫 물방울처럼

## 2부
## 홍수 속에 마실 물이 없어요

# 3부
## 내 야생의 사랑 시

## 발문

# 1부
## 골목 빈터에 첫 물방울처럼

# 태풍의 사랑

절벽이 나의 주소다

주저 없이 돌진하고
거침없이 무너지리

몰랐는가
사랑이여

착시가 아니고는 당도할 수 없는
태풍의 눈

흔들리는 흔들리는
서툰 곡예사

이것이
유일한 대답이다

내 사랑의 주소다

# 사랑과 음식


숨차게 흡입하는 입술을 가진
배고픈 식객들이
길게 줄을 선 밥집 앞에서


사랑과 음식
그 짧은 유효기간을 생각한다


때로 신과 대결할 수도 있는 것이
사랑과 음식이지만
아니 음식과 사랑이지만


요즘엔 대결할 신도 없어
갈증의 숟가락 하나씩 들고 밀려다닌다


즉석 배달의 폭거와 폭식도 있다
길에서 사서 길에서 먹는 일도 있다


그래도 참 이상한 일이다

밥집 앞에 긴 줄은
좀체 줄어들지 않는다

아침에도 저녁에도 검은 우유를 마신
시인의 입술도 보인다

뙤약볕 쏟아지는 낭떠러지
물결치는 원시 감각을 본다

# 트랜스퍼


흰 국화 한 송이 들고
사진 속 너를 본다
너와 나의
거리距離
모르는 곳에서
모르는 곳으로 가는 동안만이
우리들의 길 또는 생애다

정해진 길 없는 길
건너고 건너도
결코 다가설 수 없는 사랑도
전쟁과 장사일 뿐
원래 없는 것이니 모래 더미의 싸움일 뿐

안녕
부디 잘 가요


가장 흔한 말이

왜 가장 슬픈 말인지
흰 국화 한 송이 들고
사진 앞에
고개를 숙이는 이 자리

↳ 크리스티앙 보뱅, 『지극히 낮으신』(1984BOOKS, 2023)

# 취한 시

드디어 나는 아무 데도 없다
환호가 나를 데리고
따가운 폭양 속으로 미끄러졌다
내일 따위
너 따위
연애 따위

나는 왜 가득히 비어 있는가
알아도 좋고 몰라도 좋다

폐허가 자유
광란이 고립
악마가 허무
하체가 사라지고 헛웃음 출렁거린다

여기는 어디인가
모르겠고 모르겠다

가볍고 몽롱하게 무너진 벽
벽이 문이라고? 헛소리 말라
벽은 벽이고 문은 문이다
언어가 사라지고
으하하!만 남았다

깃털마다 불이다
그 안에 까만 한 점
너 너 너 보고 싶은 너

# 잘못 사랑했나 봐요

카메라를 목구멍 속으로 들이밀어요
수면 마취 속에서
삼시 세끼 시곗바늘을
처음으로 동굴을 탐사해요

아침저녁 들이켠 열망과 우울들
카페인과 알코올들
인스턴트 햄 앤 버거처럼 조립된 사랑을
술잔 속의 악마를 추적해요
미숙한 추상화를 읽어요

폭풍과 먹구름 나뭇가지 휘저어 놓은
웃자란 습지를 보아요

잘못 사랑했나 봐요
속살에 밴 단맛과
겁 없이 먹어 치운 푸른 멍
수없이 떨어진 빗방울에도 체온이 있나 봐요

내 짐승의 비밀 언어를 보아요

# 빌어먹을 장미

장미? 빌어먹을 장미
당신이 내게 준다면
황금 머리칼 일제히 일어설 거야
장미는커녕 줄기에 솟은 가시에
손가락 하나 찔린 기억도 드물어
언제였지?
봄이던가 꿈이던가
기억이 자꾸 틀려

반은 위선으로 반은 위악으로
불나방에게도 미소를 흘려보지만
장미? 장미의 감각
어디쯤 있을까
반쯤 시든 유사 장미로 건들건들
나의 장미는 벌써? 이미?
황홀히 지고 있는데
내가 할 수 있는 일은
가만히 시드는 일

시드는 것을 기다리는 일

도둑맞은 얼굴로

# 웃는 돌

이른 새벽 신 포도 알처럼
휴대전화 문자 굴러 들어온다
지금 깨어 있나요?

지금 내가 깨어 있는가
바닷가에 꽃 만발해 결혼을 하니
꼭 오라는 청첩이다
신랑은 한 살 연하 그러니까
69세! 잠옷 속으로 우박이 쏟아진다

구름 떼가 깃털을 흔들고
풀들이 발뒤꿈치를 들어 리듬을 탄다
무용수들이 바닷게처럼 집게발로
옆으로 옆으로 줄지어 간다

몇 번째인가?
미안하다 숫자에 그만 눈이 가려
새 사랑을 묻지 못했다

햇살 속으로 내리친 포충망의 위력을

새벽 휴대전화 속으로
신 포도 같은 초대장이 뛰어들었다

# 엑스

의자를 조금 뒤로 밀치고
바닥에 떨어진 머플러를 집는다
조금 전까지 아내이던 그녀의 머플러를
조금 전까지 남편이던 그가 집어 준다
이혼 법정 차가운 타일 바닥에 떨어진
유실물 하나를
망각 하나를
반사적으로 집어 그가 그녀에게 돌려줄 때
그녀는 그것을 받아 자연스럽게
목에 두르고 있을 때

뭐야? 결혼 갖고 장난하는 거야
당신들 방금 이혼한 거 맞아
판사의 눈이 발끈하다가
이내 서류 쪽으로 넘어간다

욕설을 퍼붓고
서로 멱살이라도 잡아야 하나

왜 죄인 취급이지
둘은 동시에
모처럼 동시에 감정에 합의하다
그것을 혀 밑에 넣고 의자에서 일어선다

모든 게 끝났다
건물 밖으로 나오기 무섭게
폐기 서류처럼 반쪽으로 찢어진다
한쪽이 뜯겨나간 몸이 일순 휘청한다
햇살에서도 피가 흐르는 것 같다
조금 절뚝이는 발걸음으로
일렁이는 햇살 속으로 걸어 들어간다
두 사람은 각자 제 방향으로
일단 첫걸음을 떼기 시작한다

# 실연

지금까지 너와 동거하고도
너를 모르겠다
이데올로기보다 격렬한 이것이 무엇일까
모든 땀방울의 근원? 황홀?
착각이 반일 수도 있는
폭풍 속을 흐르는 전류
내가 살아 있다는 것을
확인하는 방아쇠

너 어디에서 왔니?
절정과 소멸이 함께 있는 극치의 욕망
나머지는 오래오래 아파하는
감정의 넝마, 유행가가 될 수도 있는
너 뭐니?

지난가을 떨어진 이파리가
새로 돋는 이파리에게 해줄 말이 없듯이
오래 너와 동거하고도

너를 모르겠다

버리기 아까운 이 유치한 옷?

혹시 그 흔한 사랑이니?

오늘 정신과 의사가 말했다

실연으로 아플 땐 타이레놀을 먹으라고

너 그렇게 쉬운 것이니?

# 사랑은 흑고양이다

사랑은 위험한 줄 위에서만 싱싱하게 우는
흑고양이를 닮았다
순간의 털끝에서 반짝거리고
야행과 질투로 발톱을 세운다

사랑은 왜 부엌과 화장실을 배경에 두면
시들시들 시들어 가는가
지붕 아래 두면 색이 변하는가
늘 야생이어야 하는가
소나기를 맞으며 돌멩이에 쫓기며
갈증처럼 호기심처럼
어슬렁대야 하는가

검은 털 속에 요염한 눈알
끌어안으면 녹아버릴 것 같은
꼬리도 그림자도 없이
슬며시 사라지는 요물
지금 내가 만든 부엌에서 화장실에서

심지어 침실에서

흑고양이 희미하게 야옹거리고 있다

# 문 플라워

이상하다! 봄이 반만 보인다
모처럼 세상에 봄이 왔는데
한쪽 동공이 붉은 실핏줄로 덮여 있다

눈에 안대를 하고 골목을 걷는다
빈터에 쏟아지는 차가운 햇살에
꽃 행상 트럭 기대 서 있다
떠돌이 유기견처럼 발걸음을 멈춘다

봄이 반쯤 닫혔으니
다른 촉수가 다 열렸나
하얀 옷 차려입은 달맞이꽃
밤도 아닌데 선물처럼 다가온다
내 곁에서 하르륵 피어난다

아무리 다 주려 해도 다 주지 못하고
아무리 다 꺼내도 다 꺼내지지 않아
달이 뜰 때

그때까지 참고 있던 문 플라워

고백처럼 터뜨리는 꽃말이

골목 빈터에 첫 물방울처럼 떨어진다

내 두 눈 실핏줄 모두 터졌다

# 헛사랑

사랑 앞에 '헛'이라는 접두어를 쓰는 것은
시인이 할 짓이 아니긴 해
'핫'이라면 몰라 서양말이긴 하지만

사랑은 바람도시에 절뚝이는 가건물
시멘트로 지은 굴뚝
헛사랑이건 핫사랑이건

오늘은 헛사랑 피어올라
나 행복해
내가 나를 말리고 말려도
보고 싶어 지긋지긋해
핫사랑! 나는 늘 불리해
사랑에 빠지면 생을 걸거든

너 너 너 독 묻은 꿀
오색 슬픔 으깨진 팔레트에 빠지고 말았어
빨강 보라 검정…… 색색으로 말라버린

싫어 싫어 싫어 먹을수록 배고픈

뻥과자! 거짓말로 포만해

진실이 아니어서 좋아

진실이라 믿고 포만하게 해준 너

검은 쥐 흰 쥐 밤낮으로 드나드는

절박한 철창에서

헛되고 헛된 핫사랑

헛사랑의 말들

나 진정 사랑해

# 무화과 먹는 밤

비밀 연애가 이렇게 생겼을까
무화과!
애벌레처럼 부드럽고 깊은 속살


절망 기쁨 달콤한 죄
소곤소곤 씹히는
겉은 얇지만 속삭임 같은
알알이 박혀 있는
정신병동 회복실 창가에 놓인 과일


너 없으면 죽을 것 같은
은밀한 동굴
과일 속에 핀
농밀한 문장
쉽게 헤어날 수 없는
그 끝은 몰라도 돼
둘만 아는 보랏빛
무화과를 먹는 밤

# 2부
# 홍수 속에 마실 물이 없어요

# 탈주범을 꿈꾸며


해골 위에 X자로 두 개의 화살이 그려진
블루진 재킷을 입고 길을 나선다
길티 파티(guilty Party)↖?


아흐! 탈주범 같은 문신을 등에 새기니
총알이라도 되고 싶다


드디어 바닥을 친 것일까
날개가 돋을 일밖에 없는 것 같다
아니다. 날개 따위는 안중에 없다
죄는 인간을 지배하기 위해 신이 만든 언어
두 손을 모으고 꿇어앉은 무릎들아
일어서라! 어깨를 으쓱 올렸다 내린다


망할 놈의 세상
절망은 어디까지인가


길들여진 언어, 무사한 관습

닳아빠진 문장 다 쓸어버리고 싶다
피투성이 분노와 적대와 악다구니
가짜 뉴스 편 가르기 극한까지 밀어붙인
쓰레기 공해 그보다 무서운
언어의 오염
언제까지 이럴래?

노래가 무언지도 모르고 맨날 노래하는
멸종위기 새들아, 생명 시인들아
쓰레기 독화살로 펄럭이는 저 입술들
냉소와 거짓으로 얼룩진 언어
뻔뻔한 민낯 바람둥이 날강도들
어떻게 할래?

기회주의 탈을 쓰고
푸른 허공에 머리를 집어넣은 검은 굴뚝들
시커먼 떠버리들

해골 위에 두 개의 화살이 X자로 새겨진

길티 파티를 등에 새기고

탈주범처럼 거리를 헤맨다

↳ 일본 의류 브랜드 '와코마리아'의 로고.

# 홍수 속에 마실 물이 없어요

홍수 속에 마실 물이 없어요
하수구에서 올라온 흙탕물을 밟고
우산도 없이 서 있는 사람들을 보세요
물 좀 주세요
감정의 부유물이 많이 섞인 소다수 말고
시원한 물 한 잔 마시고 싶어요

홍수 속에 시집 서점으로 들어가요
대형마트에 시를 납품한 후
기득상권 속에 겨우 끼어든 시인의 얼굴들이
키를 맞대고 서 있어요
동네 장마당에서도 좀 팔려야 한다며
위로와 교훈으로 내숭 떠는 시집도 있네요
장사꾼의 내비게이션을 장착한 후
겁쟁이 시인들이 언어를 물총처럼 쏘네요
이 나무에서 저 나무로 날아다니며
어떤 것은 과장된 가치와 역할을 말하고
어떤 것은 난장에 나온 민예품처럼 낡아

"이거 무슨 물건이죠?"
"그걸 모르시다니… 꼰대…?"
"아니 네가 꼰대?"
블랙리스트보다 블랙홀이 더 두려워요

날카로운 칼로 시를 파내시나요
시는 충동이자 충돌
사람이 사랑이 완벽할 수 없듯이
이슬보다 땀이 더 뜨거우면 안 돼요
백지가 더 빛나요
사랑시집은 퇴폐와 멸망이 담긴 상처 박물관
자 쏠 테면 쏴라! 홀딱 벗고 기어가는 별
홍수 속에 마실 물이 없어요
제발 마실 물 좀 주세요

# 진주의 진주

자정 직전에
다보탑만 한 케이크가 내 앞에 배달되었다

어느 해 생일
진주에 진주처럼 박혀 사는 시인이
하필 생일인 줄도 잊은 채
진주에 간 내 앞에 가져온 축하 케이크
진주 시내 베이커리 다 돌아도
그날 생일 케이크 다 팔리고 없어
예식장 쇼윈도에 장식된 케이크를
떼 메고 남강 바위까지 왔다

강물 아래 달
달 아래 강물
진주 박힌 푸른 물결
바위 위에 흔들리는 촛불
서른 몇 개… 시인들이 불러준 축가
강물 휘돌아갈 때

후훗! 떠돌이 숨결로 불었던

한 생애 영롱한 진주의 진주

# 인터뷰

앵무새의 충고를 들어선 안 돼

레몬처럼 톡 쏘다가 껍데기를 확 벗어버려

적어도 벗어버린 척해

겸손 따위 지겨워, 겸손은 비겁과 위선의 혈통

안전해서 싫어

고통을 무용담처럼 꺼내 놓는 것은 촌닭들

겁쟁이 위선자들이 흔히 쓰는 기법

은밀히 안전장치를 해두고 입으로만

꿈 또는 별? 그런 모호한 것들 다 버려

미화를 과소비하거나 과장의 습관은

지루성 피부염

함정 속으로 나자빠진 척해

침묵과 은유를 활용해

위로와 상투는 바이러스 창궐하는 무더위

새로 솟은 이빨로 알을 깨고

망망대해 알몸으로 빛날 때

별이 별에게 다가갈 때

위트와 시니컬도 상비약처럼 휴대해

근데 당신 누구지? 벌거벗으라면서
시종 중무장인 너는?
시인 맞아?

# 상자 속의 봄

드디어 동물 쪽에 더 가까워진 것 같다
자유와 빵 중에 고민도 없이
빵을 향해 줄을 서곤 한다

실패를 돌려 실을 감고 다시 푸는
실패의 성자
성자는커녕
실패의 상자에 산다

진종일 대단지 사냥터에서 허둥거린다
저녁이 되면 내가 나를 잡아끌고
더 깊은 블랙홀 속으로 들어가는
사뭇 물귀신 스토리를 닮았다

실패거나 실패거나
언어로 한 세계를 투시하지 못하고
사기꾼 창녀 도둑들과 함께
금빛 사원 주위를 서성이는 나는

칼날 번득이는 대장간을 어슬렁거리는 배꼽이다

빵 부스러기에 침을 흘리는

상자 속 달싹거리는 어금니다

# 빈 거리

모든 길은 바스락거리는 불씨를 품고 있다

휴대전화가 사람을 끌고
바쁘게 걷고 있다
모든 것이 있는데
하나가 없는
내가 사는 도시
입술로 말하면 사뭇 쑥스러운
그래도 굳이 말하자면
스물세 살 같은 땀방울
열세 살 같은 새로 솟는 깃털
세 살 같은 반짝이는 이빨이 안 보이는 거리

휴대전화들이 입술 대신 약속을 주고받는다
한번 만나자! 그래 밥 한번 먹자!
빨리 보내줘, 이걸 놓치면 끝이야
날벌레의 혼이 도시를 점령했다

지하철에도 휴대전화들이 떠다닌다
끝내 만날 일 없는 발자국과 발자국들이
누더기 햇살 속을 어른거린다
휴대전화끼리 속이고 사랑한다
휴대전화끼리 축의금과 조의금을 주고받는다
병원으로 화장장으로 도깨비불들이 날고 있다

# 몸에 털이 난 아침

가볍고 알맹이 없는 글이 좋아
설익은 이념과 구호에 치여서
침묵 속으로 도망 다니기 바빴어
시시하고 시들해져버렸어
문학에? 사랑에… 무엇에 목숨 건다는 것이
정말 재밌고 슬퍼
하지만 허무? 그런 게 없다면
왜 글을 쓰겠어


*휴브리스(hubris) 과거에 성공한 사람이*
*자신의 능력과 방법을 우상화함으로써*
*오류에 빠지게 된다는 뜻*
*디스가이스(disguise) 위장, 감추기*


뭐야? 이 메모를 보니 웃음이 나
그래도 나를 숨기고 끝내 나를 빛낼 거야


어떤 확신도 성스러운 제단도 두려워

노인 하나가 사라지면 도서관 하나가 사라진다고?
베르나르 베르베르가 말했지 아마… 이런 말들을
멋지지도 않은 것들이 먼저 차지하고 말았어

난 잘난 체하는 것이 몸에 밴 것 같애
카프카스러운 아침이야
자고 나니 몸에 털이 수북해
하지만 내일도 태양은 뜰 게 틀림없어
소통 불가능성을 통해 소통하는
미라 같은 유령들이 철새처럼 도래? 했다네

나는 내 길을 가고 있어
그게 내 권력이야

# 매미와 쓰나미

나 살아 있다! 이 말보다 아름다운 말 있으랴
쓰나미 덮치어 초토화된 도시에서
울부짖는 입술들
화면으로 보기조차 죄스러워
온몸 떨고 있을 때
불현듯 내지르는 창밖 매미 소리

전쟁 후 핵폭탄 맞아 시커먼 죽음 속에서
제일 먼저 울었다는 매미 소리

나 살아 있다!
지축을 흔들며 제방을 무너뜨리는
지진도 방사선도 결코 생명을 이길 수는 없다!
목청껏 생명을 증거 했던 매미 소리

일찍이 북구시인,이 노래했다는
그 매미 소리 내 귀청을 뚫는다

쓰나미에 떠밀리는 이웃들
절망도 슬픔도 작게 만들어
절제되고 겸허하게 구호소 앞에 줄 선 사람들의
긴 행렬을 보며


나 살아 있다!
울컥 몸을 떠는 한여름이다


↳ 1974년 스웨덴 노벨상 수상 시인 하리 마르틴손(Harry Martinson).

# 루머 시인

늦여름 마른 뿌리 속에서
불쑥 삐걱거리는 의자 하나가 일어선다
살아 있다는 것은
영원한 루머에 지나지 않는다'며
사라진 시인이
전화기 속에서 나를 호명한다
벌에 쏘인 듯 따갑게 다가드는
사막과 별 사이
술과 책 사이
망각을 견디자는 목소리가
뼈로 만든 악기 소리처럼 서걱거린다
검은콩과 미역국을 먹고 살아내자고 한다
머리칼마다 상실과 몰락이 매달린
그녀의 주소가 하필 저 남쪽 안강安康이다
고독한 시인의 안강이 서럽고 부럽다
무자비한 경쟁과 뻔뻔한 쟁취로 얽힌
칡넝쿨 질기게 뻗어가는
시와 정치들

역병은 끝이 났지만
땅거미처럼 사방에 스며 있다
문학이라는 허구를 붙든 혈족의 쇳소리가
비탄처럼 비파처럼 한낮을 두드린다

🌙 시인 최승자.

# 도끼

새처럼 허공을 한번 선회한 후
도끼가 돌 속에 숨은 시를 꺼내려고
힘껏 내리칠 때
그때 피어나는 푸른 번개를
도끼를 잘 쓰는 손을
사랑한 적이 있다

내가 아는 석수장이가 있다
그는 알처럼 둥근 돌에다 시를 새기기 위해
날마다 도끼날을 갈며
나의 시를 기다리고 있다

깨질 듯 깨질 듯 피어나는 봄날
돌에 시를 새길 때 돌가루 눈에 들어갈까
눈깜작이를 연습하고 있는 그에게

소나기 그친 다음
무지개 사라져가는 은종 소리 같은

시를 써서 보내겠다고 했다

푸른 번개를 만드는 도끼를
도끼를 잘 쓰는 손을
눈이 멀도록 사랑한 적이 있다

# 내 안에 우는 돌이 있다

내 안에 우는 돌이 있다
절벽에서 절벽으로 뛰어다니는
소나기가 있다

휴대전화를 꺼내어 찍고 싶은데
눈 뜨면 안 보이는
울부짖음이다

점토의 빛깔로 다가오는 저녁
내 안에 우는 돌에다 물을 준다
돌의 키는 자라
무엇이 될 수 있을까
허공에서 허공으로 뛰어다니는
새가 될 수 있을까

내 안에 우는 돌이 있다

휴대전화를 꺼내어 찍고 싶은데

싱싱한 비명은 찍을 수 없다

# 나는 벗었다

대낮에 샤워를 하다가 전화를 받는다
"와, 다 벗었구나. 눈부시다"
천 리를 꿰뚫어 보듯이 그는 말했다
지금 내 시집을 손에 들고 있다고 한다

그는 좀 미치고 사악한 데가 있다
그는 한때 나의 벗은 몸을 보고 싶어 했다
나는 몸이 하나뿐이어서
그 앞에서 벗을 몸이 없고 말았다

지금 나는 벗었는가?
뿌연 거울 안개를 밀치고 나를 본다
나는 벗었다? 나는 벗지 못했다?

거추장스러운 수식어
끈끈한 감상
흐르는 물 위로 피어오르는 추상어와
알맹이 없는 상상력 다 버리고

털 없는 철새?
시간의 미추를 벗어버린 알몸에
좍좍 물을 끼얹는다

대낮에 샤워를 하다가 전화를 받는다
내 시집을 손에 들고 노시인은 말해주었다
지금 내가 다 벗었다는 것이다
벗으면 눈부시다는 것이다

# 벌새 가지 마

벌새 가지 마! 벌써 가지 마!
초록 눈시울 가득한 나무에서
수천만 번 더 날개를 떨어줘
나무 위에서 네가 우는 동안
나무 아래서 내가 악보를 받아 적는 동안
하루에 10만 8천 6백 39번이나 뛴다는
내 심장은 울음 별 하나를 키우고 말았어

순간순간 반짝이는 기적을
숨 쉬는 별
어제는 너를 그리다 길을 잃었고
오늘은 너를 찾다 길에 쓰러졌어

말하자면 살아 있다는 거야

숲에 사는 얼룩말과 공작새가
서로 악기를 뺏으려고 밀고 당기는 동안
우린 그냥 사랑을 숨 쉬는 잎사귀

깃털에 달린 끈들, 무거운 신발들

미완성이어서 더 절박하고

주소가 없어 더 애절한

벌새 가지 마! 벌써 가지 마!

우린 그냥 순간 순간 절정↳이어야 해

↳ 시인 이브 본느프와(Yves Bonnefoy).

# 3부
# 내 야생의 사랑 시

## 산티아고 순례길⌐

나를 만날 수 있는 것은

나뿐인가

하늘 아래 가득한 질문 하나

⌐ 스페인 갈리시아시 산티아고 데 콤포스텔라 대학 '말하는 돌의 정원'에 있는 한국어 석비.
2023년 3월 17일에 조성되었다.

# 첫 장소

초여름 밤 가시나무 축대 앞에서
일행과 헤어질 때
"사진 한 장 같이 찍고 싶어요"
푸른 셔츠에 헝겊 가방을 들고
그가 다가왔다

나는 권태를 들키지 않으려고
약간 고개를 숙이고 사진을 찍었다

세상의 모든 저녁이
거기 머물렀다

종지기 꼽추가 허공에 매달린 종루에 살다가
아찔한 줄을 타고 내려오듯이
길에서 춤추는 집시 여자 곁으로
육중한 사원의 벽이
틈을 내어주듯이

저녁 허공에서
줄 하나가 내려와
내 앞에서 대롱거렸다

나는 두려움처럼 그 줄을 잡았다
첫 장소가 태어났다

# 기생충

남쪽으로 목숨 걸고 넘어오다
총 맞은 병사를 수술한 내과 의사의 핀셋에
콕 집혀 나온 기생충
좀 징그러운 상징이지만
아직 기억하고 있다

시인은 기생충이라며 추방시킨 사건도
먼 나라 오래전 일이지만
아직 또렷이 기억하고 있다

시인은 가난조차 순결해
슬픔을 나눠 먹으며
나와 함께 살고 있는 시
아름다움에 접신할 줄 아는 재능으로
추앙받아야 하지만
탈출 병사의 몸에서 나온 기생충처럼
생생한 시간을 진종일 채굴하며
나를 빨아먹는 언어에 덜미 잡힌 몸

그렇다면 지금쯤 내게서도
저렇듯 살아 있는 시를
핀셋으로 콕 집어낼 순 없을까

필사적으로 경계를 넘다가
관통당한 몸에서
집도의가 핀셋으로 짚어낸 생명
요염하게 꿈틀거리는 시 한 마리

↳ 1964년 러시아 법정에서 시인은 사회에 쓸모없는 기생충 같은 존재라며 시인 요세프 브로드스키
(Joseph Brodsky)를 강제 추방. 그는 미국 망명 후 1987년 노벨문학상을 수상했다.

# 프리웨이

나 독수리같이 흘러 다니다가
산타페였던가? 프리웨이 한가운데서
이국 경찰에게 붙들렸다
뒤틀린 손목 붕대로 싸매고
눈물 훔치다가
진짜 프리웨이는 어디 있느냐며 꺽꺽거리다가
신호 위반입니다!
이국 경찰이 내 덜미를 잡아 세웠다
나는 붕대 손목을 추어올리며
이제야 뭐 좀 해 보려는데 해는 지고
시가 겨우 좀 떠오르는데
사방에서 밤이 내려오고 있어요
눈물이 앞을 가려
그만 신호를 못 보았어요


경찰은 멈칫 내 위아래를 스캔하더니


그럼 신호를 바꿔야죠

자, 푸른색! 어서 가세요
이게 인생이요

그날 그는 누구였을까

내 손에 붕대 여전히 감겨 있고
사방에 저녁이 오고 있는데
프리웨이 신호를 바꿔 줄
그 사람?

# 카페 안토니오

누가 촛불을 불듯이 꺼버린 것 같다
청담동 언덕 작은 집
하얀 어도비 풍 범선처럼 떠 있던
카페 안토니오

뭐랄까? 쿠바의 아바나 해변
그보다 시칠리아 벼랑 끝
어느 작은 밀실에 이른다 해도
그날 저녁 카페 안토니오의 탐색은
지상에 다시 생겨나지 않을 것이다

몸속의 피 수상한 곳에서 솟아오른
생애 한번 차오를까 말까 한
벌거벗은 여름 성게 알처럼 부드러운
햇살의 촉감

에로스의 안내를 받아
소름 돋듯이 솟아오르던 머리칼

촛불 앞에 마주 보던

아무것도 아니어서 광활했던

아무렇지도 않아 황금이었던

모래모래모래

눈빛을 건드리는 화살촉

# 카라카스 미녀

북구에서 온 시인, 그의 연인은
카라카스 미녀
국제 시인 모임 후 모두 제나라로 돌아갈 때
그는 서둘러 연인이 있는 카라카스로 갔다
나는 서울로 돌아와 일주일
티브이 뉴스에서 카라카스를 본다
태풍이 덮쳐와
카라카스가 흙탕물에 떠내려가고 있다

은빛 눈동자 북구 시인과 카라카스 연인은
어떻게 되었을까
뜨거운 사랑은 태풍에 그만 휩쓸려 갔을까
히잉히잉 내 입에서 말 울음소리가 새 나온다
꿈에도 만나지 않은 심술 마녀가
나조차도 모르는 깊이에서 튀어나온다

장미는 얼마나 많은 스커트를 갖고 있을까
카라카스 미녀는 알까ﾞ

지구촌 뉴스를 보다 말고

달을 보고 컹컹 짖는 늑대처럼

아니 순한 말처럼 두 눈을 껌벅인다


시인은 얼마나 많은 사랑을 가졌을까

얼마나 많은 펄럭이는 스커트를 가졌을까


🌙 파블로 네루다, 『질문의 책』(문학동네, 2013)

# 쥐 호텔

―델리에서


까마귀만큼 신이 많은 나라
숲속의 고풍 호텔은 무굴 왕궁을 배경으로 서 있다
매캐한 기도 소리가
여행자를 순간에 성자의 반열에 올려놓는다
더불어 기발한 신 한 분 납신 것 같다
육중한 무쇠 열쇠로 호텔 방문을 열자
가운데가 움푹 파인 침대
나그네의 여독에 꺼진 회색 시트 아래
예사롭지 않은 신호가 공기를 갉기 시작한다


그래도 설레는 여행자의 첫 밤
악몽은 이다지도 작고 징그럽게 시작되었다
침대 너머 화장실 쪽? 출몰했다 살며시 사라지는
장난기 많은 신! 오 쥐여!
내 컴퓨터 앞에 굴러다니더니
이윽고 여기 살아 있는 혈족을 만났다
전화기 없는 방, 옷을 다시 입고 정원을 건너
프런트 데스크로 뛰어가는 대신

그냥 그를 사랑해 보자고 했다

원수를 사랑하라! 갈릴리 청년의 말을

여기에서 실천해야 한다

낯선 기호를 경험하고 사랑하는 법을 알려고

떠나온 것이니까

나는 나를 침대에 눕힌다

사방에 가득 있지만

눈에는 보이지 않는 사랑과 저주

하룻밤에 나는 성자가 되고 말 것 같다

드디어 새벽이 창을 두드린다

나의 득도를 위해 납신 신이 또 부스럭거린다

# 스물네 살
—나의 패드라를 위하여


밤낮으로 해는 지고 있다
너는 아느냐
이 절박하고 뜨거운 영원을


사랑은 지는 태양을 따라
타오른다
좀 더 좀 더
황홀한 돌진을


이것이 사랑의 처음과 끝!


"나는 스물네 살이에요
그게 전부예요
스물네 살"


남편의 전처 아들!
태양 아래 눈 없는 사랑의 불이
파멸로 옮겨붙었다

광란의 스포츠카가 절규한다
단 한 번의 대결이다
죽어도 좋아!

천길 절벽에 내던진다
랄라라라 랄라라

패드라! 패드라!

◟ 1962년에 제작된 줄스 다신(Jules Dassin) 감독의 영화.

# 우붓을 아시나요

나뭇잎 한 잎의 신전이 있는 곳
우붓을 아시나요
사방 검푸른 숲
그중 이파리 한 잎 따서
그 위에 쌀알 두 알 얹어 놓고
신의 이름도 신전의 이름도 없지만
숨 쉬는 사랑을 비는
우붓 사람들을 아시나요

진종일 뒹굴까 봐요
태양 아래 작은 나뭇잎 신전
그 위에 쌀알 두 알
당신과 나

스콜이 오면 일시에 씻겨 나가
사랑도 씻겨 나가
더 깊고 깊은 강으로 떠내려가
어쩌면 영원에 닿을지도 모르는

나뭇잎 한 잎의 알몸 사랑

쌀알 같은 아이 하나 만들까 봐요

스콜이 오기 전에

ᗰ 발리섬에 있는 예술가 축제로 유명한 휴양 마을.

# 야생조
—아르바트에서


호텔 뒤뜰 후원에 차린 아침 식탁
내가 포크를 집기도 전에
순식간에 접시 위의 호밀 빵을 물고 가는
초록 야생조!
나는 대뜸 그의 깃털을 잡았다
시베리아 먼 허공을 날아온 내 사랑!
이번만은 놓치지 않겠어
발톱과 부리로 내 손등에 아픈 키스를 퍼붓는 그를
아침 빵을 나와 함께 쪼고 싶은 당신을 끌어안는다
망설임 없이 나의 방 침대로 데리고 간다
당신의 깃털을 사납게 뽑아
당신의 몸에 시를 새기기 시작한다
원시림으로 다시 돌아가더라도
내 사랑을 당신 몸속에 시로 새겨 두기로 한다


그런데 이 손에 묻은 피는 뭐지?
감히 내가 사랑을 가지려 했다니
내가 내 손으로 사랑을 죽이고 만 것인가

주저하고 벼르다가 얼떨결에 날려 보내고

한 생애를 비탄으로 살고 있는

이 두 손으로

이번에는 사랑을 기어코 잡아

피로 새긴 시 한 편······ 을

죽어야 완성되는 내 야생의 사랑 시를

······끝맺기도 전에

# 시칠리아 감정

시칠리아에 와서
검은 옷에 검은 모자를 쓰니
마피아의 여자 같다
절벽 아래 녹슨 종소리가
도르래처럼 기억을 퍼 올린다

빗줄기가 키 큰 사내처럼 앞을 막는다
비켜라! 이 섬에 나타난 여자를 만나면
그냥 간지럼을 태워다오
나는 지금 연애가 귀찮다

에트나 화산이 몸을 뒤집었다는
소식이 들린다. 여신들이 불꽃을 던지며
투창 놀이하는 성난 사내들을 응원하는 것 같다
적을 미워하지 말라
적을 미워하면 판단을 그르친다
바람이 마피아의 지혜를 속삭인다

내 편도 많고 네 편도 많은 고향에서
나는 겨우 목숨을 건진 것 같다
그래도 이 먼 곳까지 따라온 상처가
하얀 빨래처럼 몸을 비튼다

빗줄기가 점점 더 강하게 앞을 막는다
유적들 사이 풀들이 그리움처럼 흔들린다
금세 천 년이 또 흘러갈 것 같다
서울이 와락 와락 달려든다
이 감정은 누가 발명한 것일까
슬픔을 돌멩이처럼 툭툭 찬다

# 소록도

돌로 돌을 두드려도 노래가 되고
그 장단에 사슴들이
뿔을 세우는
시집 같은 섬, 소록도

그 바다, 반이 뻘이고
반은 자디잔
은하수 모래

철새들이 신방을 차린
갈대숲 바위틈을 지날 때면
쉬잇! 조용히 하세요
껍데기를 깨고 나온 새알이
대지의 깃털로 눈뜨는 섬

생각다 생각다 못해
목을 꺾고
핏빛 동백꽃 지고 나면

발자국 발자국마다
소살소살 서정시

누구나 시인이 되지 않고는
못 견디는 섬

미처 가보기도 전에
이름만 듣고
이 시를 쓰게 만든
천상 시인의 체온을 가진 섬
소록도

# 그리운 올가미

나는 서울에서 왔습니다
소울이요
세계는 빙판
서울은 즐거운 지옥
사람들이 휴대전화에 정신 빼고 길을 걷다
신호등 앞에 어깨를 부딪는 정다운 도시

여자들은 대담하게 얼굴에 칼을 대고
남자들은 거세 공포증에 시달리다
결국 아이 울음소리 잘 들리지 않는
자궁 드러낸 소울

속도와 경쟁 어지러워 주차장이 된 도시
불안과 조급이 물결치고
일제히 내지르는 함성과 촛불로
심심할 겨를 없이 뉴스가 터지지만
눈썹 바로 위쪽엔 핵 소식도 있어요

아무도 읽지 않는 시집이 쌓이지만
분리수거도 잘 되는 나라
오! K팝… K K K 노래하고 춤추고
세계가 우리 손안에…를 외치는 도시
지하철역마다 호객하듯 시가 걸린
친절하고 요란한 서울에서 왔습니다
소울이요

# 라스트 신
—뉴욕 브로드웨이에서


그가 누워 있다. 그녀인지도 모르겠다
거실 한가운데 긴 소파
연극이 중반을 넘어가도
그는 그대로 누워 있다
심지어 자는 척도 안 한다
처음부터 저렇게 누워 있는 역이라면
나도 할 수 있겠다
언제 일어나나?
관객이 조바심을 친다


이윽고 라스트신이다
막이 서서히 반쯤 내려오기 직전이다
그가 벌떡 몸을 일으킨다
내려오는 막을 손으로 막으며 소리 지른다
너 뭐야?
난 네가 누군지 몰라
왜 벌써 내려오는 거야
나 좀 놔둬!

아직 제대로 일어서지도 않았는데
대사 한마디 안 했는데
여기가 끝 장면이야?

내가 주인공인데
말해! 너 뭐야?
막이 내리기 전에 어서 말해
이게 다야?

# 당신의 감옥
―마드리드 책의 밤


초저녁 마드리드는 소나기에 갇혔다
세계 책의 밤! 세계도 책도 밤도 넓기만 하다
퇴적층을 뚫고 뿌리 하나가 솟듯이
은발의 평론가가 대뜸 물었다
당신네 나라의 감옥은 어떻습니까?
군사정권 시절 민주화 투쟁으로 사형수였던 분이
대통령이 된 후로 감방마다 TV도 있고
난방도 비교적 잘 되고 있다고 해요
당신네 나라의 감옥은 어떻습니까?
나날이 범죄가 증가하여 수용이 넘쳐나요
프랑코 시대도 아닌데 정치범? 혹은
마약과 성범죄 등인가요?
어느 시대나 미운 놈은 많죠, 게다가
고통도 자유도 인터넷도 널려 있으니까요


인간은 육신이 감옥 아닌가요
(앗, 마스크를 착용하세요)
작가는 수갑보다 입마개를 더 싫어하죠

오늘은 책의 밤, 책처럼 완성된 사물도 없는데
자꾸 인간에게서 밀려나고 있네요
피와 살이 숨 쉬는 문학은 오래 살까요?
글쎄요. 시인은 언어의 감옥에서
늘 탈옥을 꿈꾸는 수형자
침묵으로도 자유를 표현할 수 있어요
감옥은 사방에 널려 있으니까요
시인의 노래는 결국 감옥의 노래입니다
쉬잇! 너무 과장 미화하지 마세요
시가 달아나요

# 노천카페의 시간

허물린 돌탑 같은 저녁 시간이다
낯선 도시 노천카페
마스크를 벗었지만
아직 벗지 못한 두려움과 함께 앉아 있다

타인은 모두 균이다

한 사내가 곁으로 다가온다
그는 내 곁에 멈추는가 싶더니
선 채로 자기 손에 든 빈 컵에다
방금 날라온 내 모히토를 주르르 붓는다
유유히 저쪽으로 사라진다
바람이 노숙 차림으로 그를 따라 간다

허물린 탑 아래 반만 눈뜬 제비꽃과
새들의 지저귐이 부스러진다
밤 그림자가 너울거린다

내가 기다리는 것이 무엇이든

알아도 좋고 몰라도 좋다


빈 잔 같은 시간이

천연덕스러운 밤이 여독처럼 어깨를 누른다

# 가라앉는 개

—고야에게


뜨거운 모래 속으로 가라앉는 개
공포 어린 두 눈
슬픔이라는 말은 너무 작아
겨우 치켜든 머리
금방 사라지고야 말 드로우닝 덕◟

플라토 미술관 지하 검은 방
생명의 마지막 동행은 공포
필멸必滅의 끝 장면

다시 튀어 오르는 나를 보려고
튀어 오를 때의 싱싱한 탄력을 만나려고
찾아온 여기
어느 종말이나 심판보다 단호한
벌거숭이 모래톱과 마주 선다

태양 아래 무사한 것은 아무것도 없어
반짝이며 사라지는 지상의 하루

죽음의 감광지에 비친

소스라치게 따스한 내 입술


당장 서울로 돌아가고 싶다

모래 속으로 익사하는 개

# 6번 칸

어떤 나뭇잎은 기억처럼 굴러다니다가
내가 길을 걸어갈 때
뜻밖에 부는 바람으로 내 옷깃을 쳐든다

암각화를 보기 위해 무르만스크행 기차를 탄
북구 여자의 6번 칸에서
보드카에 취해 자꾸 말 걸어오는 사내를 본다
이윽고 핀란드 말로 사랑해!가 뭐냐고
그가 물었을 때
여자는 대답한다
"하이스타 비투(haista vittu)! 엿 먹어!"

그해 가을 내가 탄 배는 일종의 난민 보트였다
항구에 닿아도 기실 아는 이 없었다
바다에는 고래, 두려움처럼 솟아나는
젊고 위험한 미시시피로 가는 시인들의 배에서
나는 자욱한 우울만 바라보고 있었다

그날 한 시인이 불쑥 내민 시집

암각화처럼 어렵고 낯선 북구언어의 첫 문장을

18년이 지난 오늘에야 해독해본다

혹시 엿 먹어!? 아니겠지

그런데 고대 암각화 속에서 뭉클 솟아오른

"미나 라카스탄 시누아(Mina rakastan sinua)

당신을 사랑해!"


푸우! 푸른 고래가 너무 늦게 당도했다


↳ 유호 쿠오스마넨(Juho Kuosmanen) 감독의 영화 ⟨6번 칸⟩(2021)

발문

# 그 끝은 몰라도 돼

유희경 / 시인

0.

사랑. 오직 사랑뿐이다. 이 시집은.

1.

벌써 십수 년 전이다. 정확한 연도나 계절은 기억하지
못한다. 다만 한낮의 기억이다. 차창 밖은 느릿한 볕에 감
싸여 있었다. 어둑한 택시 안에서 기사도 나도 침묵하고 있
었다. 나는 잠시 어떤 생각에 붙들려 있었는데, 부지불식간
생각 밖으로 마치 튕기듯 빠져나오게 되었다. 라디오에서
나오는 목소리 때문이었다. 누구였더라. 들어본 적이 있을
뿐 아니라 익숙하기까지 하다. 처음부터 귀 기울이고 있었
던 것은 아니었기에 목소리의 주인공을 특정하기까지 어
느 정도 시간이 필요했다. 오래 걸리진 않았다. 에너지 넘
치는 저음. 단호하여 자신감마저 느껴지는 화법. 그리하여
어둑한 마음 저편이 잠시 명료해지는 듯한 착각을 갖게 하
는 사람이 그리 흔할 리가 없다. 그가 누군지 알아차렸을

즈음, 사회자가 질문을 했다. "……그렇다면 선생님께서 연극의 한 배역을 맡게 된다면, 어떤 역할을 해보고 싶으십니까." 시인의 대답을 듣고 나는 고개를 끄덕였었다.

과연 그렇다. 시인 문정희와 참으로 어울리는 배역이다. 그러나 어째서 기억이란 흐릿하고 무책임한지. 정작 시인의 대답은 떠올릴 수가 없다. 의도적인 칠에 가려진 것처럼 시인의 대답은 지워져 있다. 대답을 확인할 방법은 없다. 택시 안에서의 정황이, 라디오 속에서의 문답이 이처럼 오래 저를 따라다닐 줄 아마 짐작도 못했을 터라서 애써 확인하려고 하지도 않았을 것이다. 이제 와서는 시인께 연락하여 그 답을 여쭤볼 수도 없는 노릇이다. 너무 오랜 시간이 지났다. 분명 당시 질문에는 맥락이 있었을 것이며 그에 맞게 시인은 즉흥적으로 대답을 했겠지. 혹여 시인이 이 인터뷰를 기억한다 해도 실은, 확인하고 싶은 마음이 없다. 기억이 내놓은 구멍으로부터 모종의 즐거움을 느끼기 때문이다. 이상하게 들리겠지만, 분명 그렇다.

사실 단서가 없었다면 즐거움이라니, 아예 기억조차 하지 못할 지난 일의 사금파리 한 조각에 불과했을지도 모른다. 그때 내가 들었던 이름은 분명 그리스 비극의 등장인물 중 하나였다. 주지하다시피 그리스 비극은 올림푸스 중심 신화의 재현이며, 주어진 운명에 처해진 인간의 갈등과 이를 자신의 의지로 수용 극복하는 서사를 가지고 있다. 시인 문정희가 맡고 싶었던 배역은 그런 인물 중 하나였다. 즉, "주저 없이 돌진"해오는 운명의 격랑에 "거침없이 무너지"(「태풍의 사랑」)는 인간의 나약함을 자신의 의지로 극복해내는 역할이 시인으로서 자신의 삶과 다르지 않다고 여긴 것이었다. 나는 순순히 고개를 주억거렸으리라. 그랬을 뿐 아니라, 그에게 어울리는 배역이라고 정말 그런 무대가 마련되어도 좋겠노라고, 조금의 의혹 없이 순순히 바라게 되었으리라 짐작한다. 그때 그가 말했던 이름은 무엇이었을까. 어쩐 일인지 이제 와 나는 둘 중 하나가 아니었을까, 짐작한다. 카산드라Cassandra 혹은 페드라Phaedra. 신화는 원형적 상

상력이다. 세계의 맨 처음, 심연에 가까운 과거, 기억될 수
없으므로 결코 발화될 수 없는 사건-이미지를 그려내는 장
치이다. 그럼에도 불구하고, 한편으로는 그리하여 신화는
말하여진다. 시인을 통해서. 신의 입으로. 신이 들려서. 아
카드의 여제 엔헤두안나Enheduanna가, 앗시리아의 제왕 아슈
르바니팔Ashurbanipal이, 트로이 전쟁을 노래한 호메로스Homeros
와 위대한 서정시인 사포Sappo가 그랬던 것처럼 우리는 신의
입이 들려주는 이야기를 시인의 입과 손끝을 통해 듣고 읽
고 알아차린다. 발화되어질 수 없는 말이 태어날 때, 보이
지 않는 것이 드러나고 말 때 우리는 그에 사로잡혀 뒤흔들
린다. 나는 문정희의 시에서 이따금 저 안쪽에서 나를 이루
고 있는 신화소神話素를, 여기서 나는 시인으로서의 나뿐 아
니라 개인으로서의 나 역시 포함하는데, 알아차리곤 한다.
문정희의 음성에서 느끼곤 하는 '마음 저 안쪽이 명료해지
는 착각'은 기실 착각만이 아닐 것이다. 그의 시가 나를 몸
서리치게 만드는 이유는 내가 내 안에 감추어진 욕망과, 나

의 처음과 결코 내 것이 될 수 없으며 오직 시를 통해서 접할 수 있고 일체감을 느끼게 한다고 생각한다. 카산드라의 초월적인 극복과 페드라의 열정적인 사랑으로.

2.

트로이의 마지막 왕 프리아모스<sup>Priamos</sup>의 장녀 카산드라는 태양의 신으로부터 미래의 언어를 선물 받는다. 그러나 미래의 언어란 쓰디쓴 영광이며 달콤한 독약이다. 근거 없는 희망과 기대를 오지 않은 시간의 문고리에 거는 어리석음이 인간의 본성 아니던가. 결국 절멸로 귀결되고 마는 미래란 누구도 원치 않는 두려움의 대상일 뿐이다. 이제 카산드라에게 남겨진 선택은 둘 중 하나이다. 침묵으로 거짓된 존중을 받거나, 참된 발설로 인한 미움을 감당하거나. 카산드라는 기꺼이 후자를 선택한다. 자신의 언어가 스스로를 죽음에 이르게 할지라도. 아니, 죽음은 신의 영역이며 예정된 결말이다. 다만 예언자는 참된 말을 할 뿐이다.

여자들은 대담하게 얼굴에 칼을 대고
남자들은 거세 공포증에 시달리다
결국 아이 울음소리 잘 들리지 않는
자궁 드러낸 소울

—「그리운 올가미」부분


　시인의 삶/ 죽음이 카산드라의 삶/ 죽음과 다를 수 있을
까. 시인의 언어는 사랑받지 못한다. 정정해야겠다. 참된 시
인의 언어는 사랑받지 못한다. 시인이란 저 안쪽을 들여다
보는, 저 안쪽의 불우와 불구를 결코 외면하지 않는 존재
다. 그들의 언어는 결코 과거에 머무르지 않는다. 현재에
안주하지 않는다. 미래의 언어를 선물하는 태양신의 눈이
멀 듯한 광채를 그 속에 감추어져 있는 타들어가는 어둠을
힘껏 끌어안는다. "태양 아래 눈 없는 사랑의 불이 파멸로
옮겨 붙었다"(「스물네 살-나의 페드라를 위하여」) 그리하

여 언제나 "시인은 기생충"(「기생충」) 취급을 받는다. 아픈 곳을 쓰라리게 하며, 가려진 곳을 폭로하기 때문이다. 어째서 '참된' 시인에게 이런 성향이 주어지는가. 그것은 신의 선택인가 아니면 저주인가. 어찌하여 시인은 "길티 파티를 등에 새기고 탈주범처럼 거리를 헤"(「탈주범을 꿈꾸며」)매게 되는가. 하고 싶은 말은 정말 많지만 일단 접어두자. 지금 우리가 집중해야 할 바는 시인이 되고 만 한 사람과 그 시인의 시가 우리 마음에 불러일으키는 것들이다.

날벌레의 혼이 도시를 점령했다

지하철에도 휴대전화들이 떠다닌다

끝내 만날 일 없는 발자국과 발자국들이

누더기 햇살 속을 어른거린다

휴대전화끼리 속이고 사랑한다

휴대전화끼리 축의금과 조의금을 주고받는다

병원으로 화장장으로 도깨비불들이 날고 있다

—「빈 거리」부분

　더 말할 것도 없이 내게 있어 문정희는 '참된' 시인이다.
그러므로 귀한 시인이다. 그의 언어는 그의 시는, 마치 그
의 목소리와 화술이 그러하듯, 그러니까 문정희라는 사람
이 자신의 시와 일치함을 방증하듯, 미래에서 온다. 기어이
여기에 온다. 흔들림 없는 자세로 필멸을 노래한다. 그럼으
로써 불멸의 자격을 획득한다. 현대 사회의 자본이라는 거
대한 손이 축조해놓은 지금-여기의 현실을 분쇄하고 "닳
아빠진 문장 다 쓸어버리"(「탈주범을 꿈꾸며」)는 기세로
쇄도하며 망설임 없이 나아간다. 진취적인 방향성에는 머
뭇거림이란 존재하지 않는다. "소통 불가능성을 통해 소통
하"(「몸에 털이 난 아침」)려는 이 힘. 이 강인함. 이 요염한
꿈틀거림. 이 생명력. 그렇다. 문정희 시의 비밀은 생명력으
로부터 비롯한다. 아름다움에 찬탄하고 어리석음을 경멸하

며 위그드라실<sup>Yggdrasil</sup>의 가지처럼 우주를 뒤덮을 기세로 자라난다. 이 기세는 1969년 데뷔 이래 지금에 이르기까지 한 번도 꺾인 적이 없다. 그리하여 그의 시는 다음과 같은 선언이 아닐 수 없다. "나 살아 있다!"(「매미와 쓰나미」) 문정희의 시를 아끼고 사랑한다면 이 힘을 사랑하는 것이다. 문정희의 시를 외면한다면 이 힘을 두려워하는 것이다.

> 은밀히 안전장치를 해두고 입으로만
> 꿈 또는 별? 그런 모호한 것들 다 버려
> 미화를 과소비하거나 과장의 습관은
> 지루성 피부염
> 함정 속으로 나자빠진 척해
> 침묵과 은유를 활용해
> 위로와 상투는 바이러스 창궐하는 무더위
>
> —「인터뷰」 부분

그는 자신의 시가 받을 사랑에 관심이 없다. 달콤한 언어는 거짓과 진배없다. 그녀는 침묵하지도 않는다. 침묵은 시인의 임무를 배반하는 비겁한 일이다. 기실 순종을 원하는 지배 세력은 길들여진 시를 원한다. 하염없이 순한 언어로 꾸민 그릇된 선함을 요구한다. 그러나 카산드라적 시인 문정희에게는 온당치 않은 요청이다. 시인은 거절한다. "하이스타비투(haista vittu!) 엿 먹어!"(「6번 칸」) 생명력은 위로 뻗어나가는 상향적 힘일 뿐 아니라 죽어도 죽지 않는 힘이기도 한다. "눈에 보이지 않는 사랑과 저주"(「쥐 호텔」)에 휩싸여 "한 생애를 비탄으로 살"게 될지라도, 누구도 원치 않을 말을 그녀는 기어코 한다. "죽어야 완성되는", 어쩌면 죽어도 죽지 않고 완성되는 시를 기어코 쓰고야 마는 임무. 이것이 시인 문정희가 기꺼이 끌어안는 임무이다. 명성 안에 머물렀다면, 낯섦을 회피하고 안주했다면 그것은 문정희의 시가 아니다. 바로 이것이다. 시인 문정희가 관심을 갖는 것. 사랑 받기가 아니라 사랑하기. "내 사랑을 당신 몸속에 시로 새겨 두"(「야생조-아르바트에서」)는 행위.

> 글쎄요 시인은 언어의 감옥에서
> 늘 탈옥을 꿈꾸는 수형자
> 침묵으로도 자유를 표현할 수 있어요
> 감옥은 사방에 널려 있으니까요
> 시인의 노래는 결국 감옥의 노래입니다
>
> ―「당신의 감옥-마드리드 책의 밤」 부분

신의 입을 빌리는 한, 시인은 결코 자유로울 수 없다. 신의 입이란 언어. 보라. 세계는 언어로 이루어져 있다. 내 앞을 투명하게 가리는 '창문' 내 손등 위로 어리는 스탠드의 '흰 빛' 가깝게 놓여 며칠째 자리 잡고 있는 너덜너덜해진 시인의 '원고'. 잠시 미동도 하지 않은 채 이들을 바라보고 있는 나의 침묵 어린 '심정'까지 모두 언어의 형식으로 인식되고 적힌다. 과연 시인의 말은 옳다. 이 세계는 언어의 감옥이다. 문정희의 시가 지닌 생명력은 갖은 형태의 언어로 제시되는 관념을 그 감옥을 힘껏 뛰어넘으려 한다. 결코 고정되지 아니하려 하며 살아 꿈틀거리며 일말의 가능성을 타진한다. 조금도 지체하려 하지 않기 때문이다. 대체 무엇이 그를 오직 시인으로 만드는가. 그를 대할 적마다 느끼곤 하는 감탄의 정체는 무엇인가. 이제 우리는 페드라의 사랑을 확인할 차례이다.

3.

크레테의 왕 미노스Minos의 딸 페드라. 혹은 파이드라. 거침없이 사랑하는 영웅적인 사랑. 사랑하지 말아야 할 대상을 사랑한 대가는 비극으로 귀결되지만, 그 이름은 열정적인 빛 속에 남아 있으리라. 그 사랑은 시인의 것이다. 시인은 '금지'라는 명령을 거부한다. 시인의 사랑은 격렬하다.

뒤를 돌아보지 않는다. 아름다움을 위해 기꺼이 순교한다.

이데올로기보다 격렬한 이것이 무엇일까
모든 땀방울의 근원? 황홀?
착각이 반일 수도 있는
폭풍 속을 흐르는 전류
내가 살아 있다는 것을
확인하는 방아쇠

—「실연」부분


　미래의 언어가 시인의 임무라면, 사랑의 언어는 시인의
운명이다. 숙명이다. 시인 문정희는 사랑을 빼고는 이야기
될 수 없다. 사랑이야말로 진정한 생명의 운동이다. 사랑은
결코 "지붕 아래" 갇히지 않는다. "소나기를 맞으며 돌멩이
에 쫓기며/ 갈증처럼 호기심처럼/ 어슬렁대야"(「사랑은 흑

고양이다」) 한다. 시는 사랑으로 죽음이라는 예정된 미래를 극복하고 언어라는 감옥을 탈주한다. 그에게 사랑의 스펙트럼은 무한하다. 범속한 사랑으로부터 세계에 대한 사랑에 이르기까지 시인은 구분하지 아니한다. 아름다운 한 송이 장미로부터 호텔 객실에 숨어든 한 마리 쥐에 이르기까지 시인은 차별하지 아니한다. 구분이고 차별이라니. 사랑이란 애초에 일치를 이루고자 하는 불가능성에 대한 도전이자, 아름다움을 향한 한없는 맹목이 아니던가. "헛사랑이건 핫사랑이건"(「헛사랑」) 시인은 사랑한다. 사랑이므로, 나라는 우주를 거는 관계 맺기이므로 "말리고 말려도" 빠져들고 마는 그것. 인간으로서, 시인이니까 문정희는 이를 거부하지 않는다. 온몸으로 받아들인다. 온전한 무방비의 상태에서, "눈이 멀도록 사랑"(「도끼」)하게 되는 것이다.

 순간순간 반짝이는 기적을

 숨 쉬는 별

어제는 너를 그리다 길을 잃었고

오늘은 너를 찾다가 길에 쓰려졌어


말하자면 살아 있다는 거야

—「벌새 가지 마」 부분


    혹독한 자신의 임무를 시인은 사랑으로 견딘다. 그러나 사랑. 이 얼마나 잔인한 일인가. 그것은 어디에나 있고 어디에도 없다. 사랑 그것에는 "주소가 없"다. "미완성이어서 더 절박하"다. 그러므로 우리는 사랑을 찾아 해맨다. 미래를 매만지는 테이레시아스<sup>Teiresias</sup>의 멀어버린 눈을 기억하라. 아무것도 보지 못하고 "길을 잃고/ 길에 쓰려져도" 찾아내거나 알아낼 수 없는 사랑의 정체에 얼마나 많은 시인들이 절망해왔던가. "시인은 얼마나 많은 사랑을 가졌을까".(「카라카스 미녀」) 여기서 사랑은 결코 주머니 속의 사랑이 아니다. 이때에 우리의 참된 시인은 "순간순간 절정"이어야 한다고 말한다. "우린 그냥 사랑을 숨 쉬는"(같은 시) 존재여야 함을 일깨워준다. 수많은 사랑의 경험을 통해 찾거나 소유하는 사랑이 아니라, 안으로 들어가 나오지 않으려는 사랑이 아니라 함께 있는 순간 비로소 완성되는 사랑을 말한다. 너와 내가 아니라 '우리'라는 사실을 망각하지 말 것을 주문한다.

> 너 없으면 죽을 것 같은
>
> 은밀한 동굴
>
> 과일 속에 핀
>
> 농밀한 문장
>
> 쉽게 헤어날 수 없는
>
> 그 끝은 몰라도 돼
>
> ─「무화과 먹는 밤」부분

나와 너를 온전히 독립시킨 상태에서의 '우리'는 사랑이라는 절망을 희망으로 바꾸어낸다. 사랑의 과정이, 세계를 소유하고 싶다는 욕망으로부터 해제되어, 나 스스로를 되찾는 과정으로 복원되기 때문이다. 이로써 나는 사랑 받기를 갈망하는 태도에서 벗어나 사랑하기를 꿈꾸는 존재로 다시 태어난다. "나를 숨기고 끝내 나를 빛"(「몸에 털이 난 아침」)나게 하는 방법이다. 내가 나로부터 '되'살아나는 일, '되'살아난 내가 망가진 세계를 복구해내는 일. 시인 문정희가 시를 통해 드러내는 '주체적 사랑하기'라는 행위의 중심을 나는 '연민'으로 이해한다. 사랑의 대상이 무엇이든 되는 모든 가련히 여기는 마음, 연민이다. 연민은 누구도 버리지 않는다. 연민의 주체는 나인 동시에 너이다. 곧 세계이다. 내가 너를 사랑함은 곧 네가 나를 사랑함이다. 세계를 사랑으로 채우는 적극적 노력이다. 오직 '사랑'이라는 현상만 남은 세계(세계의 사랑)에 다른 무엇이 끼어들 여지가 있단 말인가. 시인이 자신의 운명을 끌어안는다.

내 안에 우는 돌에다 물을 준다

돌의 키는 자라

무엇이 될 수 있을까

허공에서 허공으로 뛰어다니는

새가 될 수 있을까

―「내 안에 우는 돌이 있다」 부분


　함께 있는 사랑이자 침범하지 아니하는 사랑이며 순간 순간을 소중히 여기는 사랑, 연민은 모든 가능성이다. 상대에게 무엇도 바라지 않기 때문이다. 그저 마음에 담는 노력이기 때문이다. 그리하여 무사히 내 안에 담긴 '사랑하는 당신'은 안전하다. 이제 원하는 곳이라면 어디든 갈 수 있다. 원하는 것이라면 무엇이든 될 수 있고 가질 수 있다. 그러므로 연민은 변신이며 은유이다. 마침내 사랑이 시로 완성된다. 사랑이 시인의 운명이라는 사실은 연민을 통해 증명된다. 한편 연민보다 관능적인 사랑이 있는가. 도무지 좁혀지지 않는 "너와 나의 거리距離"(「트랜스퍼」) 그 애틋한 사이를 순순히 인정하려는 노력이 마침내 이루어질 때, 마음은 한껏 달아오른다. 그 열熱은 모든 것을 녹일 수 있다. 태울 수 있다. 그리하여 하나의 몸/마음은 완성된다. 이것이 사랑이 지닌 연금술적 공평함이다. 분리되어 있는 주체들의 세계가 통합된다. '우리'라는 이름으로 인간은, "주저 없이 돌진"해오는 운명의 격랑에 "거침없이 무너지는 자신의 나약함"(「태풍의 사랑」)을 극복할 수 있다. 오직 사랑의 이름으로. 아니 오직 사랑으로 열렬하게. "미나 라카스탄 시누아(Mina rakastan sinua) 당신을 사랑해!"(「6번 칸」) 이로써, 이렇게 완성되는 시. 이것이 문정희의 언어이다.


4.

사랑. 오직 사랑뿐이다. 문정희의 시집 『그 끝은 몰라도

1      27

돼』의 안팎은 이뿐이다. 사랑하여, 시인은 자신의 임무를 다하고 사랑하여, 시인은 자신의 운명에 복무한다. 이번 시집은 시인이 추구해온 빛과 어둠의 길이 마련한 또 하나의 정점이다.

5.

친애하는 동료 시인 O가 물었다. "어때."

우리는 짧은 여행 중이었고, 한 시간쯤 떨어진 첫 번째 목적지를 향해 가는 기차에 나란히 앉아 있었다. 쉴 새 없이 넘겨보는 원고가 궁금했던 모양이다. O 역시 문정희 시인이나 그의 시에 대한 애정이 크다는 것을 알고 있었으므로 나는 곧장 대답하지 못했다. 정확하게 말하고 싶었기 때문에 망설였다. 애초에 간단히 대답할 수 없었다. 그럴 능력이 있었다면, 이만큼이나 길게 원고를 쓰지 않았을 테지. 포기하고, 맨 처음부터, 어느 한낮에 들었던 라디오 프로그램의 이야기부터 말하기 시작했다. 카산드라적 문정희와 페드라적 문정희에 대해, 시인의 임무와 운명에 대해 무엇보다 사랑에 대해. 조금 더 설명하려다 말고 나는, "이 원고 말이지, 처음 읽었을 때의 감흥과 두 번째 읽었을 때의 감흥이 달라 신기했는데, 세 번 네 번 거듭 읽으면 읽을수록 끊임없이 달라져서 그게 참 신기해. 점점 더 깊어지는 기분이랄까." 길어지려는 대답을 갈무리하고 말았다. O는 싱긋 웃었다. "그럼. 당연하지." 그렇게 대답했던 것 같다. 무엇이 당연하다는 것일까. 그럴 줄 알았다는 뜻일까. 하지만 나는 묻지 않았다. 우리는 각자의 침묵에 빠져 있었다. 그때 O는 무슨 생각을 했을까. 알 수 없다. 나는 다음과 같은 생각을 했다.

　'깊고 또 깊어진다는 것은 분명 사랑이야. 이 원고에 대한 사랑이고, 이 시인에 대한 사랑이고, 시집이 짚은 이 세계에 대한 사랑이지. 이 시집을 읽으면서 나는 백 번도 넘게 사랑에 대해 생각했는데, 그것으로는 부족해. 그리고 그 끝

은 당연히 알 수 없지. 어쩌면 사랑 그 끝은 몰라도 돼. 영영.'

아침달 시집 45
**그 끝은 몰라도 돼**


1판 1쇄 펴냄 2025년 1월 10일


지은이 문정희
큐레이터 정한아, 박소란
편집 서윤후, 정채영, 이기리
디자인 정유경, 한유미


펴낸곳 아침달
펴낸이 손문경
출판등록 제2013-000289호
주소 04029 서울시 마포구 양화로7길 83, 5층
전화 02-3446-5238
팩스 02-3446-5208
전자우편 achimdalbooks@gmail.com


© 문정희, 2025
ISBN 979-11-94324-22-5 03810


값 12,000원